AF319937

LES JEUX
des Jeunes Demoiselles
Représentés en Estampes
d'après les Dessins de J. D. DUGOURC,
Dessinateur de la Chambre
DU ROI.

LES QUATRE COINS.

LES JEUX

DES

JEUNES DEMOISELLES,

REPRÉSENTÉS EN ESTAMPES D'APRÈS LES DESSINS DE J. DUGOURC,

DESSINATEUR DE LA CHAMBRE DU ROI,

OU

HISTORIETTES MORALES

RELATIVES AUX JEUX DE L'ENFANCE ET DE L'ADOLESCENCE;

PAR MLLE SAINT-SERNIN,

INSTITUTRICE.

⸻ ❊❈❊ ⸻

A PARIS,

CHEZ A. NEPVEU, LIBRAIRE, PASSAGE DES PANORAMAS, N° 26.

MDCCCXX.

AVANT-PROPOS.

Plusieurs mères de famille ont écrit avec succès des ouvrages pour l'instruction et l'amusement des enfans.

L'auteur de cet opuscule, après avoir trouvé une ressource et une consolation contre de longues infortunes, dans la surveillance de jeunes personnes, a cru devoir livrer à l'impression des descriptions et des préceptes que ses élèves écoutoient toujours avec avidité, lorsqu'elle les donnoit verbalement. Elle n'a eu, au surplus, d'autre prétention que celle d'être utile.

Ce petit volume fait en quelque sorte le pendant des Jeux des *Jeunes Garçons*, que l'on trouve chez le même libraire.

LES JEUX DES JEUNES DEMOISELLES.

L'ESCARPOLETTE.

MADAME d'Hernilly passe tous les ans plusieurs mois de la belle saison à la campagne ; une circonstance particulière l'avoit obligée de s'y rendre plus tôt qu'à l'ordinaire, et son mari, remplissant dans la capitale une des premières places de la magistrature, n'avoit pu l'y accompagner. Ses deux jeunes filles étoient seules du voyage. Le pays où se trouve la terre de M. d'Hernilly, offre peu de ressource pour la société ; il faut faire deux ou trois lieues pour arriver à une mince bourgade, et quand même il en eût été autrement, Mᵐᵉ d'Hernilly n'auroit peut-être pas renoncé pour cela à ses projets de solitude. *Haine aux hommes* fut sa devise pour tout le temps qui restoit à s'écouler jusqu'aux vacances, époque où son mari et son fils aîné devoient la rejoindre ; et si elle consentit à recevoir de loin à loin deux dames du voisinage et leurs filles, ce fut parce qu'elles n'amenoient avec elles aucun homme, même d'un âge mûr.

Adèle et Ernestine s'accommodoient un peu moins que leur mère de cet isolement,

LA BALANÇOIRE.

peu compatible avec la vivacité de leur âge. Elles firent si bien, que les deux voisines consentirent à laisser quelques jours au château les jeunes personnes qu'elles avoient amenées lors de leur visite ; celles-ci étoient au nombre de trois. Ce petit renfort venoit à propos ; Ernestine et Adèle avoient lu et relu presque tous les livres dont elles s'étoient chargées à leur départ de Paris ; leurs maîtres ne les ayant pas suivies, elles ne prenoient plus que d'elles-mêmes, et en quelque sorte à l'aventure, des leçons de piano et de musique.

Un moraliste l'a dit avec raison : les esprits ont besoin de relâche ; une application continuelle les rebute, et comme il faut par le travail nous préserver des maux qu'engendre l'oisiveté, il faut de même, par quelques divertissemens, soulager les peines que le travail lui-même produit à son tour ; un peu de mélange dans la vie rétablit ou entretient la joie de l'esprit et du cœur ; un peu de société fait que l'on oublie ses chagrins, et le présent, et l'idée du passé.

Notre esprit, en un mot, est comme une terre féconde, mais à laquelle il faut laisser quelque repos, ou, pour parler plus juste, notre esprit est un fermier avec lequel il nous faut user de ménagemens, et à qui nous devons accorder du temps pour nous satisfaire ; quand on le presse trop de payer, on l'accable, et on le ruine.

Nos cinq jeunes amies ne firent pas de grands frais d'imagination pour s'amuser les premiers jours. La plus petite, nommée Adrienne, réapprit aux plus grandes les danses quelles avoient déjà oubliées; *mon beau château; nous n'irons plus au bois; le duc de Bourbon, etc. etc.* Ce sont des vieilleries, soit, mais elles seront toujours nouvelles pour les enfans, et les imitations qu'on en fera ne seront jamais que de pâles copies. Le *chevalier de la Marjolaine; la Tour, prends garde!* et les danses en rond, amusoient jusqu'à Mme d'Hernilly, qui ne dédaigna pas quelquefois d'y prendre part. Le plaisir qu'elles goûtèrent à renouveler leurs jeux enfantins donna à nos jeunes espiègles l'idée de tirer parti d'une construction qui existoit déjà dans le jardin. C'étoit une escarpolette. Les personnes d'un âge plus avancé, et distinguées par les fonctions les plus graves, ne regardoient pas comme une honte de s'y balancer, lorsqu'aux mois de septembre et d'octobre le château étoit encombré d'un plus grand nombre d'hôtes. On remit en état les supports qui s'étoient un peu dégradés depuis la dernière saison; Mme d'Hernilly recommanda aux jeunes personnes de la prudence ; pour surcroît de précaution, elle se mêla, elle-même, à leurs jeux, et ne permit pas qu'on se balançât en son absence. Il étoit défendu de se tenir debout sur l'escarpolette, et encore plus sévèrement d'y monter deux à la fois; Ernestine, ou Aglaé, ou une autre de leurs amies s'asseyoient tour à tour sur le siége, garni d'un coussin moelleux, et pendant que celle qui se livroit à cet exercice tenoit fortement les cordes de ses deux mains, deux ou trois de ses compagnes tiroient l'extrémité de la corde, et la faisoient aller et revenir par un mouvement oscillatoire.

La satiété n'auroit point interrompu ce délassement ; mais il survint tout à coup du mauvais temps, et le séjour du jardin fut impraticable. Les petites amies, un peu contrariées, recoururent aux expédiens pour imaginer quelque passe-temps agréable.

On lut en attendant une fable sur l'amusement que l'on étoit obligé de quitter.

LA BALANÇOIRE.

Auprès du Louvre, un beau jour de printemps,
    Des enfans folâtroient ensemble.
Quand ils sont grands, la gloire les assemble ;
Mais à l'enfance il faut des passe-temps,
Et la vieillesse en ce point lui ressemble,
    Quand elle dure trop long-temps.
Ces enfans donc, l'esprit gai, le cœur libre,
Trouvant sur une poutre un soliveau posé,
L'un grimpe au plus haut bout, et forme l'équilibre,
L'autre monte à cheval sur le bout opposé.
Les forces du levier leur étoient peu connues :
Le premier par ce poids s'élève sans effort ;
L'autre, quoiqu'il descende, est content de son sort ;
Il songe qu'à son tour il va monter aux nues,

LES JEUX DES JEUNES DEMOISELLES.

Et la troupe à grands cris seconde leur transport.
Auprès de nos bambins des gens de çour passèrent;
    Jaloux d'un facile bonheur,
    Avec surprise ils s'arrêtèrent :
Chacun sur ces ébats étala son humeur.
    Les plus inquiets les frondèrent;
    Les plus sensés, au fond du cœur,
    Sans dire mot, les envièrent.
Un fou survint, tel qu'au temps des Valois,
Il s'en trouvoit à la cour de nos rois,
Qui, mésusant des libertés permises,
Pour un bon mot, risquoient trente sottises.
Heureusement, celui-ci prit un ton
Très-familier, mais nullement bouffon :
« Vous badaudez, seigneur, et j'en ai honte;
» Vos soins, dit-il, vos complots chaque jour
» Ont même but, prennent le même tour;
» Les remords seuls font ici le mécompte ;
» Ces jeux enfin, ce sont vrais jeux de cour,
» Quand l'un descend, il faut que l'autre monte. »

Par le marquis DE CALVIÈRES.

Adrienne étoit la moins embarrassée. Une poupée toute neuve qu'on lui avoit envoyée de Paris, étoit sa fidèle compagne (1), et le dirai-je? les autres lui envioient son bonheur. Sous prétexte d'amuser la petite, on les voyoit fêter sa poupée, restaurer la coiffure ou les autres parties de sa toilette, lui faire des robes et même de jolis petits souliers en florence rose. Aussi, le petit meuble dans lequel Adrienne serroit la garde-robe de sa poupée, regorgeoit de chiffons.

Un matin Aglaé, l'une des voisines, ouvrant un livre au hasard, en lut tout haut un passage. Il y étoit dit que c'étoit en essayant les effets de la réflexion et de la réfraction de la lumière à travers les fragiles parois de bulles de savon, que le grand Newton étoit parvenu à découvrir les propriétés du prisme et à décomposer les rayons du soleil. Mme d'Hernilly en témoigna son admiration; mais connoissant trop peu elle-même ce phénomène de physique, elle ne put en donner à ses élèves que des explications incomplètes. Pourquoi donc, s'écria étourdiment Adrienne, pourquoi n'essaierions-nous pas nous-mêmes d'en faire autant, en soufflant de petites bulles de savon? C'est si joli! Fi donc! reprirent les aînées; mais l'une d'elles se reprenant aussitôt, ajouta : Je me souviens cependant d'avoir lu dans La Fontaine une belle pensée :

Il n'est rien d'inutile aux personnes de sens.

---

(1) Tous les jeux dont on va parler sont figurés dans la bordure de l'Estampe.

Mme d'Hernilly applaudit à la sentence de celle qui avoit fait la citation, et demanda si l'on ne feroit pas bien d'accueillir l'idée d'Adrienne. La proposition fut mise aux voix, à peu près de la même manière dont les jeunes filles avoient appris, par les journaux, que l'on délibère à la Chambre des Députés. Ernestine, et une des voisines, formèrent seules la gauche pour rejeter une idée aussi enfantine ; mais Adrienne, et ses compagnes de la droite, entraînèrent le centre que formoit à elle toute seule Mme d'Hernilly, et il fut arrêté que l'on joueroit aux bulles de savon. Qui sait, dit en souriant Aglaé, si nous ne ferons pas comme l'illustre Newton quelque belle et bonne découverte. Les apprêts ne furent ni longs ni difficiles ; une femme de chambre procura les matériaux nécessaires. De l'eau de savon un peu épaisse fut apportée dans une jatte de porcelaine ; Adrienne choisit parmi plusieurs fétus de paille celui qui convenoit le mieux à son dessein, en fendit l'extrémité en quatre, trempa ce bout dans l'eau savonneuse, et souffla par l'autre extrémité. On forma ainsi tour à tour des bulles qui réfléchissoient toutes les couleurs de l'arc-en-ciel, mais qui étoient malheureusement d'une trop courte durée.

Mme d'Hernilly, au grand étonnement des jeunes personnes, leur expliqua que c'étoit ainsi que les émailleurs formoient les boules de thermomètre en soufflant dans un tube de verre, dont l'extrémité étoit rougie et amollie par le feu d'une lampe. Elle ajouta que dans les verreries même, on n'avoit pas d'autre procédé pour souffler les gobelets, les bouteilles, en un mot, presque tous les instrumens de verre et de cristal.

Les jeunes amies luttèrent ensuite à qui formeroit la boule la plus grosse, ou à qui la feroit monter le plus haut en l'air. Tandis que la bulle se balançoit majestueusement, une des jeunes filles agitoit son mouchoir pour la renvoyer toujours plus loin, jusqu'à ce qu'elle fût crevée, et le prestige détruit.

On a imprimé, il y a déjà plus d'un siècle, une fable très-morale sur ce sujet; elle est encore du marquis de Calvières; nous croyons faire plaisir à nos lecteurs en la reproduisant ici.

LA BOUTEILLE DE SAVON.

CHAQUE âge a ses plaisirs, et l'âge de l'enfance,
Pour avoir les moins grands, n'a pas les moins parfaits.
   Sous mille différens objets,
   Ses plaisirs n'ont de différence,
Qu'autant qu'ils ont coûté plus ou moins de souhaits.
   Sur différens amusemens,
   Qui, sans mélange de tristesse,
   A la plus brillante jeunesse
   Offroient mille plaisirs charmans.

Les boules de savon remportoient l'avantage;
      Chaque enfant avoit son partage :
      L'un tenoit la coquille et l'eau,
Celui-ci, le savon, et l'autre, un chalumeau,
      A leurs yeux, aimable équipage.
  Chacun disoit : la bouteille est pour moi,
      Même avant qu'elle fût formée,
      Et sembloit fort content de soi,
      Quoiqu'il n'attrapât que fumée.
      Quand elle venoit quelquefois,
En s'élevant trop haut, à finir la querelle,
      Ils s'écrioient tout d'une voix :
      Ah ! qu'elle est belle ! qu'elle est belle !
Les uns en admiroient les diverses couleurs :
Regardez, disoient-ils, comme elle est jaune et verte ;
D'autres, les yeux en l'air, envisageoient sa perte
      Comme le plus grand des malheurs.
      Tandis que la troupe enfantine
      Goûte ces plaisirs innocens,
Quelqu'un vient à passer ; *ce quelqu'un* examine
      La folle ardeur de ces enfans ;
Et dans le prompt transport d'une juste colère :

Hommes, dans ces enfans, dit-il, reconnoissez
Un défaut parmi vous, hélas! trop ordinaire ;
Aveugles comme vous, comme vous insensés,
Ils se laissent tromper par la seule apparence ;
    Encor les doit-on excuser,
    Et gardent-ils leur innocence,
Dans les jeux dont souvent on vous voit abuser.

Cet amusement ne se prolongea guère au-delà de la matinée, et le soir, on ne sut plus que faire ; ce fut encore Adrienne qui imagina un refuge contre l'ennui. En furetant partout, elle découvrit des cartes, et se mit aussitôt à faire des châteaux et des capucins. Les aînées se faisoient un malin plaisir de déranger les élégans édifices d'Adrienne, ou de souffler sur les files de capucins, afin de les faire tomber avant qu'ils fussent mis en place ; mais Adrienne qui avoit l'esprit bien fait, prenoit tranquillement toutes ces malices, méditant peut-être en son âme quelque moyen de prendre prochainement sa revanche. Mme d'Hernilly profita de l'occasion pour donner aux jeunes filles quelques préceptes contre la passion du jeu. Elle fit, sur la demande d'Adèle, de courtes observations sur l'époque où les cartes ont dû être inventées.

Presque tous les historiens s'accordent à dire qu'on imagina les cartes sous le règne de Charles VI, afin de procurer à ce prince quelques distractions pendant sa longue maladie. On cite pour preuve, un registre de la chambre des comptes, où il est dit :

« Somme payée à Jacquemin Gringonneur, peintre, la somme de 56 sous parisis » (ce qui étoit très-considérable en ce temps-là) pour trois jeux de cartes à or et à » diverses couleurs et plusieurs devises, etc. » Ce passage ne prouve autre chose si ce n'est que Gringonneur étoit un fabricant de cartes, et non pas l'inventeur de ce jeu. En portant plus loin les recherches, on a vu que Charles V, prédécesseur de Charles VI, avoit défendu de jouer aux cartes, et qu'elles étoient déjà connues en Espagne, vers 1330, sous le nom de *Naïpes*.

Tous les peuples de l'Europe donnent aux quatre principales cartes de chaque couleur les noms d'*As*, de *Roi*, de *Reine* et de *Valet*, suivant les dénominations qui se correspondent dans chaque idiome ; mais on appelle différemment les couleurs elles-mêmes. Le *Cœur* et le *Pique* sont à peu près les seules dont les dénominations soient analogues dans les diverses langues. Le *Carreau* s'appelle *Diamant*, en anglais, et *Oros*, c'est-à-dire *Bijoux* en espagnol. Le *trèfle*, dans les cartes espagnoles et dans les anciennes cartes anglaises, a la forme de petites *Massues ;* c'est pour cela que les Anglais lui donnent encore le nom de *Club*, et les Espagnols celui de *Bastos*, qui signi-fient bâton dans l'une et l'autre langue. En Allemagne, le trèfle se faisoit jadis comme une croix, et il en a retenu le nom de *Kreuz*.

Ces indications ne sont pas à dédaigner pour les personnes qui cherchent à reconnoître l'origine des cartes.

Les demoiselles questionnèrent Mme d'Hernilly sur les règles des différens jeux de cartes ; mais, sur ce point, elle ne crut pas devoir satisfaire leur curiosité. Il faut avouer, dit-elle, que l'on voit beaucoup moins d'exemples chez les femmes que chez les hommes, de la passion désordonnée du jeu, mais on ne sauroit trop s'en défendre ; rappelez-vous, d'ailleurs, cette pensée d'un de nos poëtes à l'occasion de ces combinaisons si avidement saisies par l'intérêt :

On commence par être dupe,
On finit par être fripon.

Vivent les jeux de l'enfance ! s'écria Ernestine ; ceux-là, du moins, ne causent jamais de remords !

LE VOLANT, LA BASCULE.

Le temps s'éclaircit, et l'on recommença dans le jardin toutes les promenades accoutumées. L'escarpolette s'étoit un peu dérangée; Mme d'Hernilly ne voulut pas permettre qu'on s'en servît avant qu'elle fût remise en état. L'imagination des commensales du château ne fut pas embarrassée pour y suppléer. Une planche placée en travers sur une console de marbre très-solide, qui se trouvoit par hasard au milieu d'un bosquet, y fut assujétie avec des crampons de fer, pour plus de sûreté. Le jardinier qui étoit un habile homme, et savoit remplir au besoin les fonctions de maçon, de serrurier, même de maréchal-ferrant, seconda l'impatience des jeunes demoiselles, et, dès que la bascule fut prête, Adèle et Aglaé s'y élancèrent les premières. Toutes deux étoient à peu près de même taille et du même degré d'embonpoint, conditions assez nécessaires à ce jeu. Mme d'Hernilly veilloit à ce qu'elles fissent doucement leur ascension et leur descente alternatives, sans donner aucun soubresaut qui eût pu déranger la machine, ou faire perdre l'équilibre à l'une des personnes assises aux extrémités.

Nous permettra-t-on de citer ici des vers très-moraux sur le jeu de bascule? ils

LE VOLANT.   LA BASCULE.

sont un peu surannés et d'une versification qui ne se distingue guère par son élégance ; mais ils contiennent une maxime utile à retenir, et l'on ne diroit pas mieux dans le plus beau langage :

> Ceux-ci, qui tiennent le haut bout
> Pensent être au dessus de tout ;
> Mais leur descente sera prompte.
> La chance tourne, et c'est ainsi
> Que tout roule en ce monde-ci,
> Où l'un descend quand l'autre monte.

Nous avons puisé cette citation dans le *Traité des Jeux*, par Stella.

Il y a des balançoires où la bascule est double et montée sur un pivot tournant ; alors quatre personnes peuvent s'y balancer à la fois, et deux à deux ; celui qui descend frappe légèrement le sol du pied à droite ou à gauche, et il en résulte, pour les joueurs, un mouvement continuel de rotation, tantôt dans un sens, tantôt dans un autre ; la variété est même indispensable ; car la tête tourneroit bientôt, si l'on continuoit de se mouvoir long-temps dans le même sens.

Pendant que les deux plus grandes, montées à leur tour sur la bascule, se livrèrent à cet exercice, qui avoit déjà fatigué leurs jeunes compagnes, deux autres s'occupoient d'un amusement plus vulgaire; armées chacune de raquettes, elles se renvoyoient et repoussoient tour à tour un léger projectile.

Le jeu de volant est trop connu pour que nous ayons besoin d'en donner la description. Celles de nos jeunes lectrices qui se plaisent aux relations de voyages doivent savoir qu'à la Chine, et dans d'autres pays de l'Asie, on joue au volant en le poussant avec le pied. Le volant chinois est, comme le nôtre, décoré de plumes; mais il y a au fond un peu de plomb ou quelques pièces de monnaie de cuivre pour le rendre plus lourd. On se sert pour le pousser du coude-pied, comme on le pratique souvent au jeu de ballon. Voici sur le volant quelques vers de Pannard.

MORALITÉ SUR LE *VOLANT*.

Raison, tous les jours tu nous traites
Comme un volant que les enfans
Font aller avec deux raquettes,
Pour leur servir de passe-temps.
Tu nous ballottes, tu nous lasses;
Nous te servons de vrais joujoux.
Quand nous tombons, tu nous ramasses,
Pour te jouer encor de nous.

Par Pannard.

Quand toutes les demoiselles furent lasses de se balancer, et qu'Adrienne eut pris ou manqué de prendre assez de papillons, elles se réunirent, et continuèrent à jouer au volant. Il n'est pas impossible de s'amuser quatre ou cinq ensemble à ce jeu lorsqu'on a un nombre suffisant de raquettes, mais il vaut mieux se relayer et jouer comme on dit, *au premier coup faillant*. Dès qu'un joueur a manqué à repousser le projectile qu'on lui envoie, il cède sa place à un troisième ; celui-ci à un quatrième, ainsi de suite. Il peut parfois en résulter quelques disputes ; mais Mme d'Hernilly, comme nous l'avons fait observer, étoit toujours là pour prévenir les tracasseries.

La fameuse Christine, reine de Suède, qui voyagea en France du temps de Louis XIV, aimoit beaucoup l'exercice du volant ; elle y fit jouer un jour le savant Bochart, qu'elle avoit attiré à sa cour. Il ne se fit pas prier, ôta son manteau, et se mit à jouer avec la reine. Ses amis le tournèrent en ridicule pour une telle complaisance, mais fort mal à propos ; un refus pédantesque lui eût, ce me semble, attiré de plus justes reproches.

Nous ne quitterons pas ce sujet sans dire un mot des raquettes. Ce sont, comme tout le monde le sait, de petits cerceaux de bois courbés en ovale, et dont les extrémités réunies pour former le manche, sont assujéties par des lanières de peau blanche. L'intérieur de l'ovale est garni de petites mailles de cordes de boyau parfaitement tendues.

Les savans qui trouvoient fort mauvais de la part de Bochart de se servir d'une raquette, ont fait de graves dissertations pour découvrir si les anciens l'ont connue ceux qui regardent l'invention comme ancienne citent ce vers d'Ovide :

Reticuloque pilœ leves fundantur aperto.

Il s'agit évidemment dans ce passage du poëte latin, d'un réseau sur lequel, non pas des volans, mais des balles légères étoient repoussées.

Quant à nos jeunes étourdies, fort peu curieuses d'apprendre si l'invention du volant est récente ou ancienne, elles mirent dans leur jeu une ardeur, que la cloche du château put seule interrompre en annonçant l'heure du repas.

Les jours suivans, comme il n'y avoit pas assez de volans ni de raquettes pour tout le monde, Valérie, une des voisines, y suppléa par un moyen ingénieux. Elle prit un cercle de bois provenant d'un petit baril d'huitres marinées, et l'entoura de rubans roses et blancs. Cette bague, jeté en l'air, à une grande hauteur, au milieu de cinq à six jeunes personnes armées de baguettes, étoit successivement saisie et lancée de nouveau par chacune d'elles. Quand on manquoit son coup, on étoit obligé de quitter momentanément la partie ou de donner un gage. Cela s'appelle le jeu de la *bague volante* : il a beaucoup de rapports avec le volant *à l'entonnoir*, dont il sera parlé dans un autre chapitre.

Quelquefois, pour augmenter l'agrément du jeu, on ajoute trois grelots à la bague, et ces grelots venant à tinter pendant que l'anneau tourne en l'air, servent à avertir les joueurs de l'approche de la bague.

JEU DE L'AIGUILLE, ET LA QUEUE-LE-LEU.

La fête de Mme d'Hernilly fut célébrée par sa famille avec une simplicité modeste dont le cœur seul fit tous les frais ; les fermiers et les plus riches paysans des environs vinrent lui présenter leurs félicitations ; de petites filles vêtues de blanc offrirent des fleurs. Mme d'Hernilly retint ces braves gens pendant toute la journée ; la cour du château devint le théâtre d'une fête champêtre, qui se prolongea à la lueur de nombreux lampions. Les villageois et les villageoises formèrent des danses, et le soir on servit une collation frugale. Pendant ce temps, les jeunes filles et les plus petits garçons couroient dans le jardin avec les demoiselles du château. Les amusemens ordinaires ne pouvoient suffire à une société aussi nombreuse ; Ernestine, dont l'esprit étoit inventif, proposa quelque chose de nouveau et d'original. On sait que les enfans et surtout les jeunes personnes jouent quelquefois *à qui rira le dernier*. On se regarde deux en face, en faisant tous ses efforts pour ne pas perdre sa gravité, et le premier qui vient seulement à sourire donne un gage, ou fait une pénitence qui lui est imposée par ses folâtres compagnons. On voyoit au salon de 1816, un très-joli tableau de Mme Auzou sur ce sujet.

Ernestine imagina une lutte de ce genre, mais de nature à occuper un grand nombre de personnes à la fois. Ce fut de jouter à qui resteroit le plus long-temps immobile à la même place.

Les préparatifs furent plus récréatifs que le jeu lui-même ; les filles de Mme d'Hernilly eurent toutes les peines du monde à faire comprendre aux petites villageoises de quoi il s'agissoit. Telle qu'on avoit placée dans une position, et à qui l'on recommandoit de la garder le plus long-temps possible, se tournoit précisément du côté opposé, et demandoit ce qu'il falloit faire. Il en résultoit une cacophonie très-divertissante pour les spectateurs de la scène ; mais le désordre finit par ennuyer celles qui en étoient les actrices. Elles sentirent que leur âge demandoit quelque chose de plus bruyant, et, suivant une coutume qui n'est pas étrangère, même à des personnes d'un âge avancé, elles passèrent tout aussitôt d'un extrême à un autre. Une jolie petite paysanne ouvrit l'avis du jeu *d'aiguille*. On saisit avec facilité ses explications, et la partie fut bientôt en train.

Les demoiselles de la maison, confondues parmi les plus simples villageoises, prirent celles-ci par les mains, et toutes formèrent une longue file ; on s'arrangea cependant de manière à ce que les deux plus grandes fussent à la queue, et l'une des plus agiles à l'extrémité opposée qui devoit former la tête ; le sort désigna Aglaé pour conduire la bande joyeuse. Tandis que les deux dernières restoient fixées à leurs places, et les bras élevés, Aglaé passa par dessous leurs bras, et toutes celles qui la suivoient en firent autant ; après un circuit, Aglaé revint entre la seconde et la troisième ; puis entre celle-ci et la quatrième ; ainsi de suite, jusqu'à ce que de proche en proche elle se trouva obligée de faire elle-même une *passe*, sous le bras droit de sa plus proche compagne.

Là se termine le jeu ; on passe ainsi alternativement les uns sous les bras des autres, comme un fil, attaché à une aiguille et dirigé par une main exercée, parcourt successivement toutes les mailles d'un tissu.

Cet exercice, malheureusement, n'exigeoit aucune preuve d'agilité particulière ; l'essentiel étoit de se tenir par les mains avec fermeté sans se séparer. On s'en lassa au bout d'une demi-heure, et l'on eut recours, pour faire diversion, à un amusement assez analogue, et que l'on nomme *queue-le-leu*, ou simplement le *loup*.

On tira à croix ou pile à qui seroit le *loup* ; ce fut Adrienne que le hasard désigna. Elle resta seule à l'écart pendant quelque temps ; ses compagnes se tinrent chacune par l'extrémité de la robe, derrière une grande et agile paysanne qui faisoit la bergère. Il étoit expressément convenu qu'Adrienne ne pouvoit prendre que la dernière du troupeau, et la bergère mettoit tous ses soins à l'empêcher d'arriver jusqu'à la queue. La lutte étoit un peu inégale, parce que la bergère avoit des mouvemens plus vifs et plus brusques que le pauvre loup. Heureusement, les petites filles qui formoient la queue, n'avoient pas la même vigueur ; elles se ralentirent peu à peu, et Adrienne en profita pour attraper la dernière : les suivantes se dérangèrent, et se laissèrent prendre les unes après les autres. A mesure qu'Adrienne faisoit une captive, celle-ci se mettoit derrière elle, et le troupeau de loups devint à la fin si formidable qu'il entoura les brebis, et qu'aucune d'elles ne put échapper.

Valérie, Ernestine et les autres, eurent aussi leur tour pour faire le *loup*. On se divisa en divers groupes; on y joua à la *cligne-musette*, aux *quatre-coins*, aux *petits-paquets*, et à d'autres récréations qui font les délices des réunions champêtres.

LE BILBOQUET, LE DIABLE, LE SOLITAIRE, L'EMIGRANT, LES DOMINOS, etc.

Le frère aîné des demoiselles d'Hernilly fit à ses sœurs une galanterie bien digne de l'affection que ces aimables enfans se portoient mutuellement. Une lettre d'Ernestine lui avoit appris qu'elles avoient trouvé au château de plus jeunes camarades, et que, pour se prêter à leurs goûts, elles ne dédaignoient point les jeux les plus puériles.

Victor (c'est le nom de ce jeune homme) se rendit sans délai chez un marchand tabletier des mieux assortis, et acheta une collection complète de jeux de toute espèce qu'il envoya par la première occasion.

Grande réjouissance pour les filles de Mme d'Hernilly et leurs inséparables amies ! Ce fut à qui essaieroit le bilboquet, le solitaire, et d'autres jouets, malheureusement un peu passés de mode, tels que le *diable*, et surtout *l'émigrant*, dont la dénomination seule indique l'origine.

Mme d'Hernilly fut témoin de ces divertissemens, et veilla sévèrement à ce que l'on se tînt à des distances telles qu'on n'eût point à craindre d'être heurté par la boule du bilboquet ou par la chute du *diable*.

LE BILBOQUET, LE SOLITAIRE, L'ÉMIGRANT, LE DIABLE.

Le bilboquet dans le maniement duquel excella, dit-on, le fameux marquis de Bièvre, est très-ancien, puisqu'il en est fait mention dans Rabelais. Il se compose de deux parties réunies par un fil le plus souple et en même temps le plus solide que l'on puisse trouver. L'une de ces parties est un bâton de bois ou d'ivoire, pointu par une extrémité, arrondi par l'autre. Le cordonnet, fixé au centre du bâton, retient une grosse boule percée d'un trou conique qui la traverse de part en part. On fait entrer le fil par l'ouverture la plus petite, et il sort par la grande. On fait ensuite un nœud au bout, et l'on retire le fil jusqu'à ce que le nœud s'arrête et ne permette pas à la bille de tomber.

Le joueur de bilboquet commence par pincer le fil de manière à le tordre et à imprimer à la boule un mouvement très-vif de rotation ; cette bille, en tournant, se dérange moins de la direction perpendiculaire, et, après l'avoir fait sauter, on la reçoit sur la partie arrondie du bâton, ou, ce qui est encore plus difficile, sur la pointe du même instrument. Il y a des joueurs si exercés qu'ils fixent la bille, presque à tous les coups.

On peut jouer à deux au bilboquet, en joutant à qui, dans un nombre de coups donné, sera parvenu le plus tôt à saisir la boule au vol sans qu'elle retombe.

Nous voyons, dans les écrits d'un ancien historien nommé l'Estoile, que le Roi Henri III se plaisoit beaucoup au bilboquet. Ce jeu reprit vers le milieu du règne de

Louis XV, une faveur extraordinaire, et les actrices en avoient à la main jusque sur le théâtre.

On a eu la même fureur pour l'émigrant, et il la méritoit à cause du mécanisme singulier, quoique fort simple, qui le fait remonter de lui-même le long de la corde d'où il est descendu.

L'émigrant est un double disque de bois d'ébène ou d'ivoire, les deux moitiés sont réunies au centre par un boulon, taillé dans la même matière, et ne formant qu'une seule pièce. Le boulon est percé d'un trou dans lequel on fait passer un cordonnet, noué à son extrémité comme celui du bilboquet. Si l'on roule la corde autour du boulon, et que, la relevant par un bout, on abandonne l'instrument à lui-même, il tombe, mais il a acquis une force de rotation qui l'oblige de se rouler autour du fil dans une direction opposée, et de remonter de lui-même presqu'au même point d'où il est parti. *L'émigrant* reviendroit tout seul dans la main qui l'a lancé, si une portion de l'impulsion n'étoit détruite par le frottement et par la résistance de l'air; mais on seconde son mouvement naturel par un jeu alternatif de la main. L'émigrant descend et monte sans cesse, à moins qu'il ne se dérange par la sortie du cordonnet hors de l'espèce d'ornière profonde où il est engagé.

On imprime à l'émigrant non seulement un mouvement vertical de haut en bas ou de bas en haut, mais un mouvement horizontal ou oblique, et on le fait aller si l'on veut, comme un encensoir. Il est vrai que cette dernière méthode n'est pas exempte d'inconvéniens. Si le fil se casse, ce qui arrive lorsqu'il commence à s'user, le disque peut blesser les personnes qui entourent le joueur, ou briser les glaces et les porcelaines.

Le *diable* est encore plus dangereux pour les meubles, et l'on ne sauroit sans imprudence le faire aller dans un appartement.

Tout le monde connoît ce bruyant joujou qui fut aussi fort en vogue, il y a peu d'années. C'est en quelque sorte l'inverse de *l'émigrant;* mais il se meut par le même principe. Il consiste en deux boules creuses, taillées et tournées dans le même morceau de bois, et réunies par une tige commune. Quelquefois, au lieu de bois, on employoit du fer-blanc, et même du cristal; nous n'avons pas besoin d'observer que les *diables* de cette dernière substance étoient à la fois les plus dispendieux et les plus fragiles.

Chaque boule est percée d'un trou dans lequel l'air s'engage, et d'où il sort avec impétuosité à mesure que l'instrument tourne; il en résulte un bruit continuel, analogue à celui de la toupie d'Allemagne. La rotation du *diable* est entretenue par le jeu alternatif d'un fil, suspendu entre deux bâtons placés dans chacune des mains du joueur.

On peut lancer ce jouet très-haut, même à une distance de quinze à vingt pieds, et le retenir sur le cordonnet; mais cela ne peut se faire sans exposer le pauvre *diable* à tomber à chaque instant, et il ne survit pas long-temps à des chutes réitérées.

Nous ferons remarquer que le jeu de *diable* a été, selon toute apparence, apporté des Indes par les Anglais; car il étoit depuis long-temps connu à la Chine; et l'on en trouve la description dans une des gravures envoyées de ce pays par les missionnaires (1), depuis plus de trente ans.

Adrienne, quoique la plus petite, s'étoit emparée du jeu qui exigeoit le plus de méditations; aussi n'y entendoit-elle pas grand'chose. Cet instrument se nomme *solitaire* parce qu'on peut y jouer absolument seul, et sans engager de partie avec qui que ce soit.

Le *solitaire* est une espèce de table octogone, percée de trente-sept trous dans l'ordre suivant: trois trous sur la première rangée, cinq sur la seconde, sept sur la troisième, la quatrième et la cinquième, cinq sur la septième, et trois sur la huitième et dernière.

Les trente-sept trous reçoivent de petites fiches d'os ou d'ivoire qui s'enlèvent à volonté; mais on laisse vers le milieu un des trous vide. On prend les fiches à ce jeu comme aux dames, en sautant en ligne droite par dessus celles qui laissent immédiatement derrière elles un espace vide. On enlève les fiches dans le sens que l'on juge à propos, mais de façon qu'à la fin du jeu il n'en reste plus qu'une seule. S'il en reste

(1) Voyez *la Chine en miniature*, qui se trouve chez le même libraire.

deux ou trois ou un plus grand nombre, tellement isolées qu'elles ne puissent plus se prendre les unes les autres, la partie est perdue.

Les combinaisons de ce jeu sont très-variées, et, après avoir gagné une partie, on a beaucoup de peine à retrouver la même marche ; pour plus de difficulté, on s'exerce tour à tour sur chacune des ouvertures qu'on laisse vides au premier coup.

Il tomba de nouveau des pluies favorables aux biens de la terre, mais bien contrariantes pour les promeneuses. On se vit donc contraint à rester dans les appartemens. La libéralité de Victor avoit heureusement pourvu à ce qu'on s'amusât aussi bien au dedans de la maison qu'au dehors. Il avoit ajouté à l'envoi d'un jeu de volant ordinaire, un jeu de volant que l'on reçoit de part et d'autre dans un entonnoir attaché à un long manche. Cet exercice est moins tumultueux que l'autre jeu de volant, puisqu'il faut de toute nécessité que les deux joueurs se tiennent sur la même ligne droite. La salle à manger étoit assez spacieuse pour y convenir parfaitement (1).

Adèle et Ernestine rirent beaucoup en voyant un toton figurer au nombre des cadeaux de leur frère ; Adrienne elle-même trouva le don par trop enfantin. Cependant, après s'être moquées de la prévoyance de Victor, elles démontrèrent par le fait qu'elle n'avoit pas été inutile. Nous dirons même que, dans leur première enfance, ces jeunes

---

(1) Ce jeu, et ceux qui suivent, sont représentés dans la bordure de l'estampe.

personnes s'étoient amusées au toton sans chercher la signification des lettres gravées sur chacune des faces. Tout leur plaisir consistoit à essayer à qui le feroit tourner le plus long-temps. Quelquefois elles se fabriquoient à elles-mêmes un toton avec un moule de bouton dans lequel on enfonçoit un clou d'épingle ou une petite cheville de bois.

Ce fut Mme d'Hernilly qui leur expliqua ce que vouloient dire les lettres gravées en noir sur les faces. Elles conjecturèrent que l'amusement avoit été inventé par de graves professeurs, ou du moins par des écoliers d'une certaine force; car chacune de ces lettres P. A. D. T. est l'initiale d'un mot latin exprimant les diverses chances du jeu.

La lettre P. est le commencement du mot latin *pone*, qui signifie *mettez ;* celui qui l'amène est obligé de mettre un jeton au jeu. La lettre A. est l'initiale d'*accipe*, c'est-à-dire, *recevez ;* dans ce cas, on reçoit un jeton : celui qui fait paroître le D., première lettre du mot latin *da*, ou du mot français *donnez*, qui a la même signification, paie un jeton à son tour.

Enfin, si l'on a le bonheur d'amener la lettre T., qui veut dire *tout*, du mot latin *totum*, on prend tout ce qui est sur le jeu. Nos aimables lectrices ont deviné d'elles-mêmes que c'est de cette locution, *totum*, qu'est venu le nom même du jeu de *toton*.

Il y a des totons qui ont un plus grand nombre de faces, ce qui varie à l'infini le jeu, et par conséquent les hasards du gain et de la perte. Les totons à douze faces ne diffèrent pas beaucoup d'une boule pour la forme. Aussi, ne les fait-on point tourner sur un pivot; on se contente de les rouler avec la main. Les faces sont numérotées depuis un jusqu'à douze. Celui qui amène le plus haut point gagne la partie, et comme ce jeu n'exige pas de combinaisons bien profondes, on lui a donné le nom peu harmonieux de *cochonnet*.

C'est dommage, dit Adrienne, que Victor ne nous ait pas envoyé un *cochonnet;* Adèle répondit qu'on obtiendroit le même résultat avec deux dés, qui, ensemble, présentent les mêmes nombres, depuis deux jusqu'à douze. Mme d'Hernilly surprit singulièrement ses filles, en leur démontrant qu'au jeu de dé, les chances n'étoient pas égales, et qu'il y avoit des probabilités arithmétiques pour ramener plus souvent tel point que tel autre.

D'abord, on ne sauroit jamais amener la simple unité, parce qu'on se sert de deux dés ; le plus bas point est donc formé des deux as, de chaque dé, et il n'y a qu'une seule manière de produire ce nombre 2.

Le nombre 3 peut se faire de deux manières ; savoir, avec l'as d'un dé et le 2 de l'autre; ensuite avec le 2 du premier et l'as du second.

Le nombre 4 se fait de trois façons : par le double 2, par 1 et 3, par 3 et 1.

Le nombre 5 a quatre chances, savoir, 2 et 3, 3 et 2, 4 et 1, 1 et 4.

3

Le nombre 6 peut être amené de cinq manières : 1°. le double 3 ; 2°. 2 et 4 ; 3°. 4 et 2 ; 4°. 5 et as ; 5°. as et 5.

Le nombre 7 est le plus fréquent ; il se fait : 1°. par 6 et as ; 2°. par as et 6 ; 3°. par 5 et 2 ; 4°. par 2 et 5 ; 5°. par 4 et 3 ; 6°. par 3 et 4.

Les nombres suivans décroissent dans la même proportion que les précédens ont augmenté.

Ainsi, on amène 8 par cinq chances comme le 5.

Le 9 a quatre chances, comme le nombre 4.

Le 10 se fait de trois manières, ainsi que le 3.

Le 11 se fait de deux façons différentes, ainsi que le 2.

Enfin le nombre 12 ne peut se produire que par le double 6.

Ces combinaisons sont très-intéressantes à étudier au jeu de tric-trac ; c'est sur cela que repose tout l'art de conduire les dames dans telle case plutôt que dans telle autre : il n'est pas jusqu'au jeu d'oie pour la formation duquel on n'ait considéré le plus ou moins de probabilité de la sortie de certains nombres. Les oies, ou ce qui en tient lieu (car on a multiplié à l'infini les dessins des cartons destinés à ce jeu de pur hasard), sont disposées de 9 en 9 ; on ne peut s'y arrêter, et il n'est possible d'arriver à la dernière, numérotée 63, qu'après de nombreux obstacles. Quand on est dans la case qui précède le but, il suffit d'amener 6 qui est l'un des points les plus ordinaires, pour *crever* et être obligé de recommencer toute la partie. Le pont, le puits, la prison, la mort, ou les figures analogues qui représentent ces écucils, sont arrangés de manière à ce qu'on y tombe par les numéros 6, 7 et 8 qui viennent à tout instant.

Ernestine dit plaisamment à ce sujet qu'un poëte comique n'avoit pas eu tort de faire dire à un de ses personnages :

> J'aime ces jeux galans, où l'esprit se déploie,
> Et c'est vraiment, Monsieur, un bien beau jeu que l'oie.

Adèle, qui avoit vu jouer ses parens au tric-trac, demanda la signification des mots *carmes, sonnez, etc.* qu'elle entendoit prononcer à ce jeu; Mme d'Hernilly en donna l'explication suivante.

On appelle *beset* les deux as ; *ternes* les deux trois ; *carmes* les deux quatre ; *quines* les deux cinq ; *sonnez* les deux six. Il n'y a pas de dénomination particulière pour le double deux.

Avec trois dés, les chances sont encore plus multipliées, et il seroit facile d'en faire le calcul ; trois points semblables se nomment rafle ; ainsi il y a rafle d'as, rafle de trois, rafle de six, etc. etc.

Des explications sur les dés, Mme d'Hernilly passa à celles des osselets, qui, chez les anciens, avoient à peu près le même usage. On en plaçoit deux ou trois dans des

3.

cornets, et l'on comptoit un certain nombre de points, suivant la face qui étoit amenée. Ce n'étoient au surplus que des jeux d'enfans. Phrates, roi des Partes, voulant reprocher à Démétrius, roi de Syrie, sa légèreté habituelle, lui envoya des osselets d'or.

Nos enfans emploient les petits os, nommés *astragales*, qui se trouvent au jarret des moutons, ou de petits morceaux d'ivoire taillés de manière à les imiter. La face convexe se nomme le *dos*, la face opposée, qui présente une fossette, s'appelle le *creux*, et les deux autres côtés se nomment les *plats*. Pendant qu'on jette un osselet en l'air et avant qu'il retombe, le joueur est obligé de disposer d'une certaine manière ceux qui sont sur la table. Il faut les mettre l'un après l'autre sur le dos, sur le creux, sur les plats; il faut ensuite, pendant que l'un des osselets est lancé et avant qu'il revienne dans la main, saisir successivement tous ceux qui sont sur la table, ou bien les faire passer sous le pouce et l'index de la main gauche étendue. Ces diverses combinaisons s'appellent faire ses dos, ses creux, le puits, la fricassée, la rafle, etc.

Les filles de Mme d'Hernilly s'amusèrent assez peu des osselets que Victor leur avoit envoyés; elles dirent que cet exercice fatigant convenoit mieux aux petits garçons.

En revanche on fit fête à un superbe jeu de dominos en nacre de perles; des clous d'or en marquoient les points. Mme d'Hernilly ne crut pas devoir abandonner trop long temps à de jeunes étourdies ce monument de la galanterie de Victor. Elle donna, pour le remplacer, un jeu plus commun.

Chaque domino est divisé en deux parties, offrant, chacune sept combinaisons, savoir : les six points du jeu de dé, et de plus le simple blanc ; c'est pour cela que les dominos sont au nombre de vingt-huit.

Chaque joueur prend au hasard un nombre convenu de dominos, et les relève devant lui de manière qu'ils ne puissent être aperçus par ses adversaires. Celui qui a un double 6, ou, à defaut, le double 5 ou un autre double, commence ; les autres (car on peut jouer à la fois jusqu'à trois ou quatre personnes) mettent tour à tour un domino correspondant à l'une des extrémités des dominos rangés sur la table. Celui qui manque du point demandé, laisse passer son tour ; cela s'appelle *bouder ;* quand on n'est que deux, on joue à la *péche*, et l'on prend d'abord très-peu de dominos, par exemple, trois dés, ou cinq tout au plus. Quand on boude, au lieu de laisser jouer son adversaire, on puise au talon jusqu'à ce qu'on ait tiré le nombre requis ; il en résulte qu'on prend quelquefois de cette manière plus de la moitié du jeu. Le coup est gagné par celui qui a le premier épuisé tous ses dés, cela s'appelle faire domino ; si le jeu se trouve fermé, et que personne ne puisse plus placer les dés qui lui restent, ni à droite ni à gauche, c'est celui qui a le moindre nombre de points, ou celui qui, à point égal, a conservé le plus petit nombre de dominos, qui gagne le coup.

Le gagnant compte en sa faveur le nombre de points que n'a pu placer son adversaire, et l'on recommence un autre coup jusqu'à ce qu'un des joueurs soit arrivé au nombre de cent comme au piquet.

Mme d'Hernilly, dans ses momens de loisir, avoit composé une fable sur le jeu de dominos, et sur les succès qu'un chien célèbre y a obtenus. Pressée par les jeunes amies de ses filles, de la leur faire connoître, elle s'y refusa quelque temps avec modestie, et chargea enfin Adèle de la lire.

MUNITO ET SON COMPÈRE.

MUNITO le premier ou le second du nom
    (Sur ce point l'histoire varie)
    Un beau jour eut la fantaisie
    De se passer de son patron.
   « Hé quoi ! dit-il, serai-je donc l'esclave
    » De l'avare que j'enrichis,
 » Qui, remplissant par moi son grenier et sa cave,
    » Ne me donne que du pain bis
   » Et force coups?... » C'en est fait : il déserte ;
 Et, voulant profiter tout seul de son travail,
    Il prend une maison à bail ;
    Sa boutique est bientôt ouverte.

Pour attirer les curieux
Un écriteau superbe et d'énormes affiches
Annoncent aux badauds que la fleur des caniches
   Va récréer les esprits et les yeux.
La foule arrive, on se bat, on se presse,
Et les pièces d'un franc pleuvent de toutes parts.
Munito n'avoit point le défaut de paresse,
Il offre aux amateurs des dominos épars,
Puis s'en réserve sept, et les range ; le drôle
    Jusque-là savoit bien son rôle :
      Mais pour lui le grand point
     Etoit de connoître le point.
Comment l'auroit-t-il pu sans l'aide d'un compère ?
  De Munito l'intrépide adversaire
Avance un double six ;... Que fait notre pauvret ?
    Du blanc il présente un doublet...
    Et la foule aussitôt de rire !
    Mais de l'aventure le pire
Fut que de Munito l'ancien maître averti
  Par une annonce en tous lieux répandue,
Se trouva le témoin de sa déconvenue.
A son aspect l'ingrat se sent anéanti ;

Il se jette à ses pieds, il implore sa grâce.
« La recette est à vous, commandez, j'obéis... »
     Le maître au fond étoit bonasse
    Très-satisfait de voir son chien soumis
Il reprend tous ses droits, et par sa connivence
    De Munito brille l'intelligence.
Le disciple le soir, de son instituteur
Reçut cette leçon donnée avec douceur :
« Apprends que l'écolier qui veut trop tôt paroître
» S'en tire toujours mal et regrette son maître. »

Les jeunes voisines qui s'étoient absentées du château pendant quelques jours, y étant revenues, on passa des soirées entières à jouer aux dominos. Chacune des joueuses marquoit à l'aide d'une carte le nombre qu'elle avoit gagné. Mme d'Hernilly leur apprit que la manière d'additionner les nombres au moyen des tailles de ces cartes, a beaucoup de rapport avec l'*abacus* dont les anciens Romains se servoient pour compter, et le *souan-pan* que les Chinois emploient au même usage.

D'un côté est une large échancrure avec quatre autres tailles pour marquer les unités ; de l'autre, on voit une marque qui vaut cinquante, et quatre autres qui valent chacune dix. On ne peut compter ainsi au-dela de 99 ; mais, en multipliant les tailles, on iroit jusqu'à plusieurs millions, et même jusqu'à des milliards. Ce genre d'arithmétique est beaucoup plus expéditif que celui qui consiste à écrire et additionner les colonnes de chiffres, mais il offre un grand inconvénient; c'est qu'il ne laisse aucune trace des calculs partiels, et qu'on ne peut s'assurer par aucune *preuve* si l'on a ou non commis quelque erreur.

La vogue du domino passa comme les autres, et l'on se rabattit sur les onchets; Adrienne trompée par la consonnance, confondoit ce jeu avec celui des échecs; Mme d'Hernilly en expliqua la différence qui est très-considérable; mais, quoiqu'elle fût elle-même assez habile aux échecs et aux dames, elle en trouvoit les combinaisons trop sérieuses pour de jeunes personnes. Quand vous serez plus grandes, dit-elle, je vous ferai connoître un poëme charmant de Cérutti sur le jeu d'échecs; mais pour le comprendre, il faudroit en connoître les régles; je me contenterai de vous lire pour aujourd'hui une jolie fable sur ce sujet par l'abbé Aubert.

LE JEU D'ÉCHECS.

CERTAINES majestés jadis étoient fort vaines;
Les rois plus respectés, plus puissans que les reines,
Ne les mettoient qu'au rang de leurs premiers sujets.
Les reines à leur tour voyoient au dessous d'elles
Les chevaliers, les fous, et ceux-ci les pions.

Qui croiroit que les fous ont des prétentions ?
Plus d'une cour pourroit en dire des nouvelles ;
Plus d'un sage s'est vu par un fou supplanté ;
Bientôt la fin du jeu rabattant leur fierté,
     Détruisit ces vaines chimères
     De puissance et de dignité :
Bientôt avec éclat un dernier coup porté
     Ruina des grandeurs si chères ;
     Et le même sac à la fois
Reçut reines, pions, chevaliers, fous et rois.
     Contre les bornes de la vie
     Qu'un grand se brise avec fracas,
     Je ne lui porte point envie.
En est-il moins que moi victime du trépas ?
Tout est mis au niveau par la Parque ennemie :
     Elle frappe et ne choisit pas.

On revint au jeu d'onchets.

C'est une grande question, reprit Mme d'Hernilly, de savoir si ces petites fiches d'ivoire et ces figures de rois, de reines, de valets et de cheval, dont vous vous êtes déjà emparées, doivent s'appeler les *onchets*, les *honchets* ou les *jonchets*. Ceux qui font au sujet des moindres riens les plus laborieuses recherches, nous assurent qu'il faut dire *honchets*, c'est-à-dire, par une sorte de diminutif, *petits hommes*. Je suis de l'avis de ceux qui pensent qu'il faudroit dire, *jonchets*, parce qu'on employoit, dans l'origine, de petits joncs au lieu de ces bâtonnets d'os et d'ivoire. Vous les appellerez comme vous voudrez; l'essentiel est que le jeu vous divertisse. On ne doit jouer que deux ensemble aux onchets, quoiqu'il ne soit pas impossible de s'y amuser trois ou quatre. Celui que le sort a désigné pour commencer, tient entre ses doigts un de ces petits crochets; l'autre répand au dessus de sa main et sur la surface environnante de la table tout le faisceau de fiches et de figures. Le premier s'empare ensuite, à l'aide de son crochet, de toutes les pièces et fiches qu'il peut attraper; mais il faut pour cela beaucoup d'adresse. Si les pièces en contact avec la fiche que l'on convoite viennent à faire le moindre mouvement, on est obligé de céder le tour à son adversaire, et l'on continue ainsi jusqu'à ce que toutes les pièces soient enlevées.

Les jeunes personnes retinrent facilement les leçons de Mme d'Hernilly, et se montrèrent bientôt d'une certaine force aux onchets; elles comptoient le roi pour cinquante, la dame pour quarante, le valet pour trente, le cheval pour vingt, et chaque fiche simple pour dix. Celle qui, d'une manière ou d'autre réunissoit le plus grand nombre de points, gagnoit la partie.

JEU DE CACHE-CACHE.

Doit-on dire cache-cache *mitoulat*, ou cache-cache *Nicolas ?* L'essaim folâtre dont nous décrivons les jeux songeoit fort peu à résoudre ce problème, et raisonnoit très-rarement sur le choix même de ses récréations ; une circonstance particulière donna l'idée de ce divertissement ; un renfort assez considérable étoit arrivé à la jeune famille. La renommée avoit publié dans les environs qu'on s'amusoit beaucoup au château d'Hernilly, mais que les demoiselles seules y étoient admises. Plusieurs jeunes personnes tourmentèrent si bien leur papa et leur maman, qu'on leur permit d'y faire une visite. Quelques dames nouvellement mariées ne rougirent pas d'être de la partie, et l'on passa ainsi une journée entière avec le seul regret de voir arriver trop vite l'heure des repas qui seuls interrompoient les jeux.

Il y a beaucoup de manières de jouer à *cache-cache*. Quelquefois un des enfans va se cacher dans un réduit obscur, le plus éloigné possible, mais toujours dans certaines limites fixées ; les autres le cherchent de tous côtés ; celui qui l'a trouvé va se blottir à son tour dans quelque coin, et c'est à qui trouvera la meilleure cachette. Les bonnes et les domestiques emploient leurs bons offices pour aider à découvrir

CACHE - CACHE MITOULAS.

des asiles impénétrables; mais il faut éviter avec soin les endroits dangereux, par exemple, les escaliers et les lieux élevés, d'où l'on pourroit se précipiter au moment où l'on se voit sur le point d'être saisi.

Un autre jeu de cachette consiste à se former en rond et à dérober aux yeux du chercheur un objet quelconque, tel qu'un mouchoir, une boîte, un étui, etc. Comme on se servoit autrefois pour cela d'une vieille chaussure, à la condition qu'elle fût très-propre, le jeu s'appeloit celui de la *Savate;* mais cette expression ignoble doit être proscrite du langage de la bonne compagnie.

Nous dirons donc simplement que les compagnes des demoiselles d'Hernilly jouèrent à cache-cache Nicolas, en faisant circuler un mouchoir que l'on se passoit de main en main. Elles s'étoient rangées en demi-cercle sur un gazon, dans un endroit très-pittoresque du jardin, où de superbes roses trémières sembloient lutter de hauteur avec les arbustes, et d'éclat avec la reine des fleurs dont elles portent le nom.

Mademoiselle Valérie, une des nouvelles venues, se dévoua d'elle-même à faire le rôle un peu triste de la personne qui cherche. Une jeune dame parcourut le demi-cercle en se drapant avec son schall pour que Mlle Valérie, qui s'étoit fermé les yeux avec la main, en promettant bien de ne pas tricher, ne pût voir à qui on laisseroit le dépôt, objet futur de ses recherches.

C'est fait! à ce cri, Mlle Valérie commença sa ronde ; le mouchoir qu'elle poursuivoit avec ardeur circuloit de main en main, et se cachoit dans divers plis des vêtemens ; il falloit deviner juste la personne qui le tenoit, et la saisir en flagrant délit, chose assez difficile ; car, du moment où Mlle Valérie croyoit s'emparer du mouchoir, celle qui en avoit été nantie le faisoit passer à une autre, et il arrivoit en un clin d'œil à l'extrémité du demi-cercle. Après de longues et vaines recherches, Mlle Valérie atteignit enfin le mouchoir dans la main d'Adèle, et cette dernière se retira à son tour auprès d'une fontaine jaillissante, le dos tourné à ses compagnes, jusqu'à ce que la cachette fût recommencée. Elle ne chercha pas long-temps, et en quelques minutes le mouchoir fut par elle découvert et saisi. Une troisième, une quatrième prirent sa place, et enfin, Ernestine se laissa surprendre. On cria *bravo!* de toutes parts ; en effet, cette demoiselle entendoit le jeu mieux que personne, et comme elle étoit très-agile, on la prenoit rarement en défaut, je crois même qu'elle ne *l'auroit pas été* (terme technique pour tous ces jeux de l'enfance) si une voisine espiègle ne lui eût pas joué le mauvais tour de rester trop long-temps à recevoir le dépôt qu'elle lui passoit.

Pendant qu'Ernestine se tenoit à l'écart, on fit contre elle un complot. L'heure annonçoit la fin des jeux, et l'on s'entendit à merveille pour les terminer par une petite tromperie. Le mouchoir qu'elle devoit chercher fut placé bien loin du groupe, sous un buisson de fleurs, et l'on fit semblant de se le passer de main en main. Ernestine fut, de la meilleure foi du monde, dupe du stratagème; les mains de ses jeunes amies s'agitèrent avec tant de rapidité qu'elle ne s'apercevoit pas du tout qu'elles ne se transmettoient rien. Pour rendre l'illusion plus complète, on lui montroit souvent le coin d'une robe, le bout d'un schall ou d'un autre mouchoir, Ernestine s'en emparoit avec vivacité; mais des éclats de rire prolongés lui faisoient reconnoître son erreur. Au reste, elle prenoit avec gaîté ce contre-temps, et couroit tantôt à droite, tantôt à gauche, hors d'haleine; les éclats de rire redoublés, les chuchotemens, et peut-être aussi quelques indiscrétions des plus jeunes de la société, l'avertirent enfin qu'on se moquoit d'elle. Je suis sûre, dit Ernestine, que le mouchoir est bien loin d'ici, et que vous faites semblant de vous le passer; cela n'est pas du jeu, On finit par lui dire la vérité. Ernestine avoit envie de bouder un peu, mais on l'avoit peut-être avertie, bien des fois, que la mauvaise humeur altéroit ses jolis traits; elle se ravisa donc, prit gaîment son parti, et retourna au château, en disant qu'un autre jour elle prendroit sa revanche. Ses camarades la mirent au défi de réaliser ses menaces; elle promit qu'elles seroient plus tôt attrapées qu'elles ne le croyoient. Peut-être le fut-elle la première. A cet âge on se trompe aisément, et l'on court avec crédulité au-devant des piéges.

Madame d'Hernilly, à qui l'on raconta l'aventure d'Ernestine, en rit beaucoup, et dit que ce n'est pas la première fois qu'on cherche à découvrir des mystères là où il n'y en a point. Elle cita pour exemple un trait singulier de la célèbre Catherine II, impératrice de Russie. Un jour que cette souveraine étoit entourée de graves courtisans, et fatiguée de leurs pédantesques dissertations, elle dit : « Messieurs, » permettez que j'interrompe un moment vos importantes discussions pour vous » consulter sur le mot d'une charade que j'ai lue dans le dernier *Mercure de France*, » et que je ne puis deviner. La voici : Mon premier est un *creux*, mon second est » un *creux*, et mon tout est un *creux*. »

Aussitôt nos hommes d'Etat, pour complaire à leur impératrice, quittent les plus profondes abstractions de la politique pour se livrer à une recherche puérile. Rien de plus facile que de trouver des objets *creux* susceptibles de composer l'un des trois membres d'une charade, mais on ne put trouver aucun terme qui remplît à la fois les trois conditions. L'impératrice sortit sous un prétexte, en laissant ses conseillers plongés dans leurs vaines méditations ; on ne sut que le lendemain que la charade n'existoit point dans le *Mercure de France*, récemment arrivé à Pétersbourg, et que, par conséquent, elle n'avoit pas de mot.

Cette plaisanterie n'étoit pas la seule par laquelle Catherine II savoit faire diversion aux ennuis du trône et au joug pénible de l'étiquette.

On pourroit citer plus d'une mystification de ce genre, non pas faite à diverses personnes d'une société, mais souvent aux habitans de toute une ville. Dans plus d'une occasion, ceux de la capitale se sont tourmentés pendant plusieurs jours à trouver la solution de problèmes et d'énigmes qui n'avoient aucun sens.

LE COLIN-MAILLARD, LA MAIN-CHAUDE.

LE lendemain on retomba dans la solitude, et l'on fut réduit à chercher des jeux qui exigeassent une moindre quantité d'acteurs. Le *Colin-Maillard* fut le premier choisi par la petite troupe joyeuse. Adrienne, comme la plus jeune, eut les yeux bandés, et courut après ses compagnes. Mme d'Hernilly se chargea de crier *casse-cou* et *gare le pot au noir!* lorsque la petite aveugle s'approchoit trop près d'un arbre ou de quelque autre objet qui pouvoit occasionner un accident. Pendant long-temps elle courut sans attraper personne. Ernestine se laissa enfin prendre, par complaisance, sans doute, et elle poursuivit à son tour ses jeunes amies. Ce jeu dura une grande partie de la journée : mais un orage survenu subitement les força de chercher un abri. On se réfugia dans les salons. Comme on se plaignoit d'avoir été obligé de cesser un divertissement aussi agréable, Adèle conseilla de le continuer dans un spacieux vestibule.

Mme d'Hernilly ne pouvoit approuver une telle proposition, si dangereuse pour les meubles ; mais, toujours disposée à contribuer aux délassemens de ses enfans, elle déclara qu'on alloit jouer à *Colin-Maillard-assis*. Ce jeu n'entraîne aucun inconvé- nient, quelle que puisse être la petitesse du local, et amuse peut-être davantage,

COLIN-MAILLARD.
LA MAIN CHAUDE.

surtout après dîné et à la clarté des bougies. La bande enfantine applaudit à l'idée de Mme d'Hernilly; mais en même temps il fut décidé qu'on attendroit la fin du repas.

Après le dîner il survint des visites, non moins ennuyeuses pour la maîtrese de la maison que pour les jeunes personnes qui attendoient avec impatience le moment de jouir d'un peu de liberté. Quand il leur fut enfin permis de se livrer à leurs récréations, on se forma en cercle dans le salon. Un bandeau de mousseline voila les yeux d'Ernestine, et tout le monde changea de place. Ernestine conduite au milieu du groupe eut la liberté de s'asseoir sur les genoux de qui elle voudroit; mais il falloit que, sans porter les mains sur la personne qu'elle touchoit, elle devinât qui elle étoit. La différence des vêtemens fournissoit une indication facile, mais on faisoit tout ce qu'il étoit possible pour induire la chercheuse en erreur. Adrienne qui avoit une simple robe de percale attiroit sur ses genoux le vêtement d'une de ses voisines qui avoit une redingote de mérinos. Celle qui cherchoit nommoit aussitôt ou Mme d'Hernilly ou Adèle; on lui crioit qu'elle se trompoit, et elle étoit obligée de recommencer sa ronde.

Ce jeu dura toute la soirée. Un des jours suivans on le recommença avec non moins d'agrément; mais on y fit une variation qui amusa beaucoup la compagnie. On joua le *Colin-Maillard à la silhouette.* Une des demoiselles se plaçoit en face du mur avec défense expresse de regarder derrière elle; au fond de la salle étoit une lampe astrale

4.

placée sur une table; aucun autre luminaire n'éclairoit la chambre. Les personnes de la société passoient l'une après l'autre entre la lampe et le Colin-Maillard, de manière à ce que l'ombre se projetât sur la muraille, et il falloit que le Colin-Maillard les devinât. Pour éviter le petit désagrément d'être pris en défaut, il n'étoit point de sorte de déguisement que ne prissent les filles de Mme d'Hernilly et leurs aimables compagnes. Les premiers tours se passèrent assez vite parce qu'elles n'étoient pas encore assez exercées, mais au cinquième ou sixième tour, lorsque Mme d'Hernilly, elle-même, s'étant laissée deviner, occupa le siége fatal, on s'y prit avec beaucoup d'art pour l'induire en erreur. Ernestine, Adèle, Adrienne firent à qui mieux mieux leurs travestissemens, et donnèrent à leurs ombres les formes les plus bizarres. Mme d'Hernilly ne pouvoit deviner personne. Ce fut bien pis, lorsqu'en trichant un peu, et sans prévenir Mme d'Hernilly, on chargea une jeune femme de chambre de faire un rôle. Celle-ci se présenta d'abord avec le chapeau du jardinier, ensuite avec la gibecière du garde-chasse en bandoulière, surmontée d'un bonnet de villageoise; elle se traîna ensuite sur les pieds et sur les mains, ayant à chaque bras une botte forte de postillon. Mme d'Hernilly fut obligée de dire qu'elle *jetoit sa langue aux chiens;* expression triviale pour dire qu'on renonce à la partie, et que Mme de Sévigné n'a pas dédaigné d'employer dans une de ses lettres les plus spirituelles (1). On

---

(1) Celle où Mme de Sévigné annonce le fameux mariage de Lauzun et de Mlle d'Orléans.

délibéra sur la pénitence à lui infliger ; ce fut d'embrasser celles de toutes les personnes présentes qu'elle aimoit le mieux, sans inspirer aux autres de jalousie. Mme d'Hernilly embrassa tendrement ses filles et leurs amies ; et quoique sa préférence pour ses filles fût bien naturelle, on ne remarqua dans ses caresses aucune différence. Elle avoit donc accompli la condition expresse d'une pénitence si agréable d'ailleurs.

On fit ensuite un dernier tour ; Ernestine se trouva dans le même cas que Mme d'Hernilly, et obligée de faire une pénitence. On lui donna à lire une fable ancienne tirée des Œuvres de Régnier-Desmarais. Nous la transcrivons ici.

LE COLIN-MAILLARD DE CORINTHE.

Tous ceux que le ciel a fait naître,
Ont joué partout comme ici,
A Colin-Maillard. Dieu merci,
Je n'ai jamais trop voulu l'être ;
J'aime à voir clair. Voici le jeu
Tel qu'il nous vint des Grecs en même temps que l'Oie.
Quand ce fut, et par quelle voie,
C'est dont je suis instruit fort peu.
Dans un lieu d'un commode espace,

La troupe des joueurs se rend :
L'un d'eux s'offre de bonne grâce
Pour être l'aveugle. On le prend ;
On le mène à grands cris au milieu de la place ;
Et là, des gens officieux,
D'un mouchoir lui bandent les yeux,
Par la main le prennent ensuite,
Lui font faire deux ou trois tours
Après quoi, sans aucun secours,
On l'abandonne à sa conduite.
Alors chacun se range en silence à l'écart,
Sur le premier siége qui s'offre ,
Qui (*l'un*) sur un banc, qui (*l'autre*) sur un coffre ;
Puis, au signal, Colin-Maillard
Part de sa place à l'aventure,
Et va, ceint d'une nuit obscure,
S'asseoir sur quelqu'un au hasard,
Et l'ordre est qu'en cette posture,
Et des pieds seulement aidant sa conjecture,
Il devine qui c'est ; sans quoi,
Aveugle en vertu de la loi,
Il faut que tant que le jeu dure

Il fasse la même figure :
Mais de peur que faute de voir,
Il n'aille se heurter, tantôt contre une table,
Tantôt contre autre chose, on a soin d'y pourvoir ;
Car du moindre danger la troupe charitable,
L'avertit, en criant : Gare le pot au noir !
Quelques jeunes gens de Corinthe,
A ce jeu jouoient une fois.
L'un d'eux fut pris ; c'étoit sa crainte ;
Mais il faut obéir aux lois :
On lui bande les yeux, malgré sa répugnance,
Et la jeunesse, de complot,
Contre lui se donne le mot.
Les trois tours faits, dès qu'il s'avance,
Vers quelqu'un pour s'aller asseoir,
Quelqu'un de la troupe commence
A crier en grec : « Pot au noir ! »
Colin-Maillard timide au même instant s'arrête,
Puis tourne d'un autre côté ;
Mais dès les premiers pas on crie à pleine tête :
« Pot au noir ! » De nouveau mon homme est arrêté ;
Puis étendant les mains pour plus de sûreté,

Il prend une route contraire
A celle qu'il venoit de faire ;
S'avance pas à pas en tâtant le pavé,
Et déjà se comptoit à peu près arrivé,
Quand il entend crier toute la troupe ensemble :
« Pot au noir ! » Les échos font retentir partout:
« Pot au noir ! » De frayeur il tremble,
Et n'ose avancer jusqu'au bout.
Un temps se passe de la sorte :
Il marche à droite, à gauche, et toujours vainement.
La jeune et maligne cohorte,
Qui voit qu'il s'arrête aisément,
Profite de sa crainte, et crie à tout moment.
A la fin, il songe en lui-même,
Et commence à se défier,
Que tout ce qu'il entend crier,
Ne soit peut-être un stratagême
Dont on use pour l'effrayer.
Puis tout d'un coup las de son doute,
Il vient à lever son mouchoir,
Et voit que tous les Pot au noir,
Qu'il craignoit, en ne voyant goutte,
Ne sont plus rien dès qu'il peut voir.

Une nouvelle galanterie du frère d'Ernestine et d'Adèle, interrompit pendant quelque temps les amusemens enfantins. Il avoit envoyé à ses sœurs de la musique nouvelle. Leur père avoit ajouté à ce don celui de plusieurs livres instructifs. Les occupations des jeunes personnes devinrent les plus sérieuses du monde ; elles étoient toute la journée à leur harpe, à leur piano, à leur solfége ; à peine profitoient-elles de quelques intervalles pour aller se promener dans le jardin, cueillir des fleurs, et admirer la beauté des fruits qui approchoient de léur maturité. Si, par hasard, le mauvais temps obligeoit la compagnie de se renfermer dans le salon, les jeunes personnes lisoient des extraits de relations de voyages, mises à la portée de la jeunesse, dégagées de tous les détails scientifiques qui peuvent fatiguer l'attention des gens du monde, et purgées, en même temps, de tout ce qui ne pourroit tomber sans inconvéniens entre toutes sortes de mains. De telles lectures réunissent à la fois l'attrait des romans et de l'histoire, sans avoir le danger des uns et l'aridité de l'autre.

Un soir, Mme d'Hernilly s'étoit assise dans le parc, au pied d'un chêne majestueux, entouré d'élégans platanes ; elle avoit apporté une corbeille et des ouvrages d'aiguille, et les jeunes voisines qu'on n'avoit pas vues depuis long-temps, parce qu'une légère indisposition de leur mère les avoit retenues au logis, étoient venues passer la soirée avec Adèle et Ernestine. Les oiseaux commençoient à se retirer dans leurs nids, où ils étoient venus déposer leur dernière couvée de la saison. La soirée étoit charmante, et le temps d'une sérénité délicieuse ; les derniers rayons du soleil couchant pâlissoient, en quelque sorte, devant le disque éclatant de la pleine lune, qui s'élevoit à l'extrémité opposée de l'horizon dans un ciel sans nuages. Tout invitoit aux plaisirs champêtres ; mais la chaleur du jour n'étoit pas encore assez dissipée pour qu'il fût possible de courir et de se livrer à des exercices violens. Mme d'Hernilly ne voyoit plus assez clair pour travailler à son feston ; les jeunes filles, après s'être dispersées çà et là, venoient de se grouper autour d'elle. Adèle proposa de retourner à la maison pour faire de la musique. Nous ferons bien mieux de jouer ici, dit Adrienne. — Et à quoi donc jouer ? — A ce que vous voudrez, pourvu que ce soit à quelque chose ; peu nous importe ! — Dansons des rondes. — Non, il fait trop chaud. — Jouons à colin-maillard ? — Nous y avons tant joué ! et puis j'ai toujours peur qu'on ne triche ; la dernière fois vous m'avez attrapée.

Adrienne faisoit allusion à une autre petite espièglerie de ses compagnes. Trois semaines auparavant on avoit joué à colin-maillard sur une pelouse très-étendue, entourée de toutes parts de sentiers sablés, et où il n'y avoit aucun casse-cou à craindre. Il étoit dit, expressément, qu'on ne pourroit sortir du tapis vert, et que quiconque en dépasseroit les limites, seroit censée avoir été prise.

On ne tint compte de cette convention, et les malignes demoiselles, après avoir dit à Adrienne qu'elles garderoient un silence absolu pour courir moins de risques d'être attrapées, s'éloignèrent toutes ensemble de la pelouse, et laissèrent Adrienne chercher à tâtons pendant un gros quart-d'heure. Adrienne se fâcha presque, au sujet de la niche qu'on lui avoit faite, et Mme d'Hernilly, elle-même, réprimanda les autres pour être contrevenues à des engagemens formels.

Nous pouvons, dit Ernestine, essayer une espèce de colin-maillard qui n'exige pas beaucoup de mouvemens. C'est le colin-maillard à la baguette. Qu'est-ce que cela? demanda Valérie. Je vais vous l'apprendre, répliqua la folâtre Ernestine.

On choisit sur les bords de la petite rivière du jardin anglais, une branche flexible de saule, que l'on dégarnit de toutes ses feuilles, et à laquelle on ne conserva pas plus d'un pied et demi de longueur. On demanda que le sort désignât, comme à l'ordinaire, *qui le seroit;* Valérie, qui étoit une très-bonne personne, se dévoua pour les autres, et se chargeant du rôle le plus désagréable, elle se fit bander les yeux. Après qu'on se fut bien assuré qu'elle ne voyoit pas, on lui donna la baguette à tenir. Les autres s'emparoient tour à tour de l'extrémité opposée de la baguette; elles y appuyoient leurs lèvres, et chuchotoient quelques paroles, en affectant de déguiser leur voix. Valérie qui avoit proposé le jeu, et qui, par conséquent, devoit bien le connoître, fut victime de sa bonne volonté; elle resta assez long-temps sans deviner personne. Enfin, délivrée de cette corvée, elle fit languir les autres à son tour.

Adrienne, qui s'y étoit prise avec assez d'adresse pour ne point se trouver en défaut, fut enfin devinée par une malice de ses compagnes; on la fit parler à l'improviste, de manière à ce que sa voix fut reconnue.

Adrienne résolut de s'en venger sur celle-même qui l'avoit attrapée. Aussi fit-elle tous ses efforts pour attraper Ernestine de qui elle avoit à se plaindre. Elle auroit pu deviner beaucoup plus tôt Adèle et Valérie; mais c'étoit à l'autre seule qu'elle en vouloit.

Quand Ernestine eut sur les yeux le bandeau fatal, Adrienne alla chercher Mme d'Hernilly, qui, jusqu'alors, s'étoit tenue à l'écart sans prendre aucune part au jeu, et lui proposa de tenir la baguette. Pendant que Mme d'Hernilly étoit ainsi en face d'Ernestine, c'étoit Adrienne qui prononçoit des paroles entrecoupées, et faisoit entendre parfois de petits éclats de rire. La pauvre Ernestine nommoit successivement toutes les personnes de la compagnie, et n'avoit garde de rencontrer juste, car elle étoit loin de soupçonner que Mme d'Hernilly fût si près d'elle, lorsque enfin lassée de sa déconvenue, elle demanda grâce. Adrienne, pour compléter sa petite vengeance, lui avoua la vérité sans nul déguisement, et ajouta, en se souvenant d'un proverbe un peu trivial : *La tricherie revient à son maître.*

Ce badinage termina le jeu de colin-maillard; mais, comme il n'étoit pas encore temps de rentrer dans les appartemens, un autre amusement eut son tour. Ce fut celui de la *main-chaude*. Mme d'Hernilly, pour empêcher qu'on n'usât de représailles, en continuant de se tromper les unes les autres, fut le *confesseur*. Les jeunes filles vinrent successivement passer leur tête entre ses genoux, et la main droite étendue sur le dos, jouèrent le rôle de patiente, jusqu'à ce qu'elles pussent dire qui avoit frappé.

Ce jeu extrêmement simple dans ses règles n'a besoin que d'une seule précaution; c'est celle de ne pas frapper trop fort. Quoique de pareils excès ne soient pas trop à craindre entre de jeunes demoiselles, il y en avoit cependant quelques unes qui se sentoient portées à donner des coups un peu plus forts que de raison. Aussi Mme d'Her-nilly avoit-elle grand soin de retenir la fougue des aimables joueuses. Elle tenoit aussi rigoureusement la main à l'observation d'une autre règle. Souvenez-vous bien, disoit-elle, qu'il ne faut jamais frapper deux à la fois. Quand cela arrivoit, celle qui avoit donné le dernier coup devoit prendre la place de pénitence; et la règle s'exécutoit avec une sévérité impitoyable.

La gouvernante des demoiselles arriva pour annoncer que le souper étoit prêt. Ernestine vouloit qu'elle se cachât derrière un buisson, et qu'elle frappât sur Adrienne qui *l'étoit* alors, de manière à mettre pour long-temps en défaut le talent devinatoire de celle-ci; mais Mme d'Hernilly, regrettant de s'être prêtée elle-même à une tromperie, quelque innocente qu'elle fût, ne permit pas que celle-ci fût pratiquée. Elle leva la séance; les demoiselles trouvèrent, dans un repas frugal, un délassement à leur fatigue du jour et une bonne provision de sommeil pour la nuit.

LA MAIN-CHAUDE.

Au coin du feu, le soir, il faut bien s'amuser.
La jeunesse en repos s'étend, bâille et sommeille.
--- Ma bonne, il n'est pas temps encor de reposer;
     Cherchons un jeu qui nous réveille.
La main-chaude, ma bonne; oh! c'est un jeu charmant! ---
  Ainsi parloit Hector le garnement,
  Vrai polisson, aimable petit drôle,
  Espiègle à fond, sentant bien son école.
  --- Clignons les yeux, Marton, sur tes genoux. ---
  D'une humeur vive, et de gaîté pétrie,
  Aux jeux bruyans Marton est aguerrie.
  --- Je vais cligner; n'allez pas frapper tous
  En même temps, c'est une tricherie.
    --- Non pas, tu peux compter sur nous. ---
  Le bon Hector est tapi sur sa bonne;
  C'est la victime, et sa main s'abandonne;
  Mais le fripon regarde entre ses doigts;
  Comme un vieux chat, il guette en tapinois
  Si son régent, qu'il brûle de surprendre,

Viendra frapper. Il frappe, il faut se rendre.
--- C'est vous, Monsieur. --- Oui, c'est la vérité. ---
Le fait est clair, il n'est pas contesté :
Le cher docteur perdroit sa rhétorique.
Il devint à son tour le pauvre patient.
Oh ! quel plaisir de frapper son régent !
Le bon docteur ne sait pas la rubrique ;
Il nomme en vain. Comme on le triche un peu,
Le malheureux ne trouve pas pratique.
--- Vous frappez trop. Cela n'est plus un jeu. ---
Hector ravi ne se sent pas de joie ;
Qu'il seroit doux d'ajouter à ses torts !
Comme un aiglon, il tombe sur sa proie ;
Pour mieux frapper, il double ses efforts.
Le bon docteur voit pourtant qu'on se ligue :
Du vif élan du petit indiscret,
Et de ses ris enfin il se fatigue.
Furtivement il ferme son poignet.
Du tour maudit le triomphe est complet.
L'enfant s'avance, il frappe, il se recule
Tout au plus vite, en jetant les hauts cris :
Onc de sa vie, il n'eut telle férule.

--- Hélas! mon Dieu! j'ai tout le bras démis! ---
Des pleurs amers roulent sur son visage,
Pleurs de souffrance, et pleurs aussi de rage.
Rien n'est démis, mais le pauvret est pris
En ses filets; de là vient le nuage.
Les ris bientôt succèdent au chagrin :
--- Consolez-vous, dit le docteur malin;
Mon cher enfant, d'un homme qui vous aime
Retenez bien ce précepte certain :
    Ne fais point de mal au prochain,
    Il retomberoit sur toi-même.

Par Dutremblay.

Une autre espèce de *Main-Chaude* s'appelle *Frère, on me bat.* Il y a à la fois deux
patiens; celui qui se sent touché avec l'extrémité d'un mouchoir s'écrie : *Frère, on me
bat;* l'autre demande : *Qui vous a frappé?* et il faut que le premier devine. Mais un
des joueurs est un faux frère qui frappe toujours tantôt sur lui-même, tantôt sur son
compagnon, et celui-ci n'a garde de le nommer. Le jeu ne finit que quand la personne
attrapée s'aperçoit de la ruse; mais lorsqu'on s'y prend avec finesse, l'illusion peut
durer long-temps. Le faux-frère affecte de se plaindre de ce que l'on touche trop
fort, et crie le premier à la tricherie. Au bout d'un certain temps, on le remplace

par un autre qui est censé s'être laissé deviner, et cela sert encore à prolonger le badinage. Enfin on avoue au malheureux camarade le tour qu'on lui a joué , et on le console en lui disant que désormais il pourra en attraper d'autres de la même façon.

LE CERCEAU ET LA CORDE EN LONG.

Tout étoit changé au château d'Hernilly; le maître de la maison et son fils venoient d'arriver pour passer les vacances. Les habitans du voisinage étoient accourus en foule pour profiter des beaux jours de l'automne. Victor avoit aussi ses camarades; ils renouèrent connoissance, et se livrèrent à des jeux beaucoup moins sédentaires que ceux des demoiselles. La réunion des jeunes personnes du sexe étoit devenue moins fréquente les jours ordinaires; mais les dimanches ou les jours de fêtes, on exécutoit des contre-danses dans une salle de bal élevée au milieu des charmilles. Victor qui étoit très-fort sur la flûte se mettoit souvent au nombre des musiciens, mais le plus souvent au nombre des danseurs.

Les jeunes garçons, quand on leur avoit donné congé, formoient dans le parc des jeux bruyans, tels que les barres, le saut de mouton, le cheval fondu, etc. etc. Les moins avancés en âge jouoient à la balle empoisonnée, à la corde et au cerceau. Les filles de Mme d'Hernilly, témoins de ces jeux, admiroient l'habileté que déployoient les autres enfans, mais n'y portoient pas envie. Un jour Victor et ses amis firent avec leur

LES CERCEAUX.
LA CORDE.

précepteur une promenade à deux ou trois lieues de là pour assister à une fête foraine.
Adrienne et Ernestine trouvèrent dans une salle plusieurs instrumens de leurs jeux,
mêlés çà et là avec des livres d'études. C'étoient entre autres des cerceaux et une corde
pour jouer en long. Elles étoient impatientes d'y essayer leur savoir-faire, quoiqu'elles
eussent un peu honte de se livrer à des exercices aussi masculins; mais Valérie,
leur voisine, vainquit leurs scrupules; elle dit qu'elle avoit été dans une pension
où les demoiselles pratiquoient aussi ces jeux en y mettant toute la modération que
comporte la foiblesse de leur âge et de leur sexe.

Cette idée fut immédiatement accueillie. Aux chaleurs étouffantes de l'été avoit
succédé tout à coup un vent très-vif qui faisoit sentir les premiers froids de l'automne.
Rien n'étoit plus propre que de tels jeux pour les échauffer.

Il n'y avoit que deux cerceaux : on résolut de s'en servir tour à tour; chacune
des jeunes filles conduisoit son cerceau à l'aide d'un bâton, et le dirigeoit tantôt en
avant, tantôt de côté, tantôt en tournant en rond. On joutoit à qui arriveroit la plus
vite à un but déterminé sans que le cerceau tombât à terre. La chose en elle-même étoit
déjà difficile; car il falloit parcourir des détours sinueux; les arbres des charmilles ou
d'autres obstacles faisoient à tous momens chavirer et renverser le léger instrument de
leurs jeux. Ajoutez à cela, que les demoiselles, ainsi qu'elles l'avoient vu pratiquer à
leurs frères, avoient souvent la malice de pousser leur cerceau en travers contre

5.

celui de leur rivale, le faisoient tomber, et atteignoient ensuite avec facilité le terme de la course.

Pendant que deux d'entre elles s'occupoient à ce jeu, les autres qui s'étoient emparées d'une longue corde y faisoient sauter alternativement une de leurs amies. Les deux demoiselles qui tenoient la corde l'agitoient circulairement sans trop de rapidité, tandis qu'une troisième, et quelquefois plusieurs autres, sautoient à pieds joints au milieu. Quelques unes battoient des entrechats ou faisoient d'autres pas difficiles qu'elles avoient appris de leur maître à danser. Les plus pétulantes cherchoient à imiter les garçons, et, comme ceux-ci, elles demandoient du *vinaigre;* c'est le terme convenu pour demander que la corde aille vite.

Victor et ses camarades furent enchantés à leur retour d'apprendre que leurs jeux eussent plu si fort aux demoiselles : ils leur proposèrent le lendemain de jouer ensemble; mais celles-ci n'y voulurent pas consentir, et se bornèrent au simple rôle de spectatrices. Les jeunes gens qui étoient tous de la première force, tant au cerceau qu'à la corde, y firent des prodiges d'habileté, de vigueur et de souplesse. Victor excelloit à faire les doubles tours, les croix de chevalier soit simples soit doubles, et il passoit même plusieurs *triples* avec une grâce et une légèreté infinies. Le jeu consistoit à qui feroit sans s'interrompre une plus grande quantité de doubles tours ou de croix de chevalier. La corde tournoit avec tant de vitesse dans les mains de Victor qu'on n'en auroit pu soupçonner l'existence si on ne l'eût entendue frapper l'air, car elle passoit entre ses pieds et le sol planchéyé de l'appartement sans les toucher, et l'œil en perdoit absolument les traces.

Quand on eut assez joué chacun avec sa corde, on dansa au milieu de la corde en long. Six ou huit formoient à la fois un groupe au milieu. Le premier qui, en touchant la corde avec le pied, arrêtoit le jeu, étoit obligé, pour pénitence, de se mettre à l'écart, et de s'abstenir du jeu jusqu'à ce que tout le monde eût manqué.

LA CORDE.

DEUX enfans disputoient. On dispute à cet âge.
  Qui contredit est un tyran,
  Il faut lui montrer son courage.
Uu bout de corde usé, leur commun apanage,
  Etoit l'objet du différent.
  Grave sujet d'un grand tapage!
  --- Il est à moi. --- Tu t'en es emparé.
--- Non : pour mes doubles tours, j'en fis toujours usage.
  --- Moi, j'en faisois mes croix de Saint-André. ---
L'un et l'autre à ces mots le tire avec colère ;

LES JEUX DES JEUNES DEMOISELLES.

Consumé par le temps il est bientôt cassé,
 Et les voilà le cul par terre.
 Le coup fut rude, on fut long-temps blessé.
Je le dis aux petits comme aux grands personnages,
  Qui ne sont pas beaucoup plus sages :
  Voilà ce qu'on gagne aux débats.
Venger un léger tort, qu'on ne redresse pas,
  Engendre des peines amères.
  La paix, la paix soit entre vous !
  N'appuyez point sur les misères
  Et ne brisez pas vos joujoux.
   Par DUTREMBLAY.

On peut courir deux ensemble avec la même corde, dont on tient chacun une extrémité, l'un de la main droite, l'autre de la main gauche. Bien entendu qu'on ne fait de cette manière ni doubles-tours, ni croix de chevaliers; cela seroit difficile, pour ne pas dire impossible. Il suffit de marcher en cadence, et de bien s'entendre pour tourner la corde avec une égale vitesse. Quand on est d'accord, et que les mouvemens sont parfaitement réglés, on parcourt un espace considérable sans que la corde s'arrête.

Les demoiselles d'Hernilly à qui on avoit communiqué cette idée, la mirent à profit, et exécutèrent les courses les plus gracieuses. Quelques personnes d'un âge mûr, en les regardant faire, convinrent que le jeu de la corde, ainsi exécuté, procuroit un exercice aussi utile qu'agréable, et que les jeunes demoiselles pouvoient s'y livrer sans inconvenance.

LA BOULE, LES QUILLES, LE SIAM.

La fraîcheur prématurée de l'atmosphère forçoit la société du château à renoncer aux jeux qui n'exigent aucun mouvement. Tandis que les messieurs et les dames occupoient sans relâche le billard, les petits garçons jouoient à la boule, au sabot, à la toupie simple ou à la toupie d'Allemagne ; les demoiselles s'étoient emparées du jeu de boule et des quilles. Trois places, bien nettoyées et destinées à cet amusement, se trouvoient, par bonheur, dans la partie des jardins que fréquentoient le moins Victor et ses condisciples. D'autres, pendant ce temps là, jouoient aux *quatre-coins*. (Voyez le *frontispice*.)

Le jeu de boules consistoit en une allée extrêmement unie, garnie de chaque côté de deux rebords pour empêcher la boule courante de s'écarter à droite ou à gauche. On se divisoit les boules en nombre égal, et le sort désignoit le rang dans lequel on devoit jouer. Celle qui avoit le numéro 1, jetoit au loin le *cochonnet*, c'est-à-dire une boule plus petite ; elle rouloit ensuite une de ses boules de manière à en approcher le plus possible. Le numéro 2 venoit ensuite, et cherchoit, ou à s'approcher davantage du but, ou à déplacer la boule jouée par le numéro 1. Il en étoit de même des numéros 3, 4 et suivans.

Les Boules.   Les Quilles.   Le Siam.

La meilleure méthode est de ne pas jouer chacun pour son compte, mais de se diviser en deux troupes, ayant le même intérêt. Alors, la finesse du jeu est; quelquefois de *tirer*, c'est-à-dire, de repousser au loin la boule des adversaires déjà rapprochés du but, pour que le partenaire qui vous suit se place sans difficulté à un endroit favorable.

Ce jeu, pour les demoiselles d'Hernilly et leurs amies, n'étoit pas sans quelque contrariété; car, il y avoit là une gouvernante qui les surveilloit, et leur disoit sans cesse : Prenez garde, Mesdemoiselles, vous salissez vos robes.

En effet, elles se disputoient assez souvent pour savoir laquelle étoit la plus près du *cochonnet*, et par conséquent avoit gagné la partie. Quand il y avoit moins d'un demi-pouce de différence, la chose n'étoit pas facile à accorder.

On raconte à ce sujet une étrange aventure arrivée au célèbre maréchal de Turenne. Un jour qu'il se promenoit sur les remparts d'une ville de guerre, sans domestiques et sans aucune marque de distinction, il fut accosté par un groupe d'artisans qui jouoient à la boule, et le prirent pour arbitre désintéressé de leur différent; il marqua la distance avec sa canne, et rendit son arrêt. Celui contre lequel il avoit prononcé s'en vengea par des injures; le maréchal se mit à sourire; le joueur se fâcha encore plus fort; mais, en ce moment, arrivèrent des officiers de la suite du général qui l'appelèrent *Monseigneur*, et firent rougir l'artisan de sa méprise. Comme

          LES JEUX DES JEUNES DEMOISELLES.

celui-ci se jetoit aux pieds de Turenne pour implorer son pardon, le maréchal lui dit avec bonté : « Mon ami, vous avez eu tort de croire que je voulois vous tromper. »

Le jeu de quilles donne lieu à moins de tracasseries, car il est bien facile de compter les quilles qui sont abattues et celles qui restent debout.

Mme d'Hernilly rappela aux jeunes demoiselles une anecdote que l'on trouve dans les Mémoires de Racine le jeune. Dans sa vieillesse, le grand poëte Boileau, dégoûté de l'art des vers, étoit devenu fou du jeu de quilles. Telle étoit son adresse que souvent il les abattoit toutes les neuf d'un seul coup. Avouez, disoit Boileau, que je posséde deux grands talens, aussi utiles l'un que l'autre à la société et à l'Etat : celui de jouer aux quilles en perfection, et celui de tourner passablement des vers !...

Quand on joue avec de petites quilles, et qu'on lance la boule de près, on ne fait chacun alternativement qu'un seul coup, mais, le plus souvent on fait deux coups de suite, et l'on s'y prend de la manière suivante :

Le numéro 1 lance sa boule de loin à l'endroit marqué pour le but, et doit abattre de cette distance au moins une quille, sans quoi il est obligé d'en rester là pour l'instant ; c'est ce qu'on appelle faire *chou-blanc*, et l'on cède le tour à un joueur de la bande opposée. Mais si l'on a fait tomber une ou deux quilles, et surtout celle du milieu, qui compte à elle toute seule pour neuf points, on tire immédiatement un second coup en lançant la boule de l'endroit même où elle s'est arrêtée.

On compte les points qu'on a amenés, et on laisse la place au numéro 2 ; ainsi de suite.

La difficulté est de ne faire aucun point de plus que celui fixé pour la partie, et qui est d'ordinaire de 21. Si, après avoir eu 19 points, on abat deux quilles, on a gagné ; mais si on a le malheur d'en abattre trois ou quatre, on *crève*, et l'on est obligé de recommencer. Cette règle jette beaucoup de variété dans le jeu, et égalise aussi les forces entre les joueurs. Il faut, en effet, beaucoup d'exercice pour abattre le plus grand nombre de quilles possible ; mais on n'est pas toujours sûr d'en faire tomber une, deux ou trois à point nommé.

Adrienne avoit moins de goût que les autres pour cet exercice qui exigeoit trop de précision, et en même temps une vigueur que ne comportoit pas son âge : aussi, étoit-elle retournée à sa poupée ; mais ce jouet la fatigua à son tour, car elle excitoit la risée de ses compagnes ; elle ne savoit plus que faire ; Mme d'Hernilly ouvrit, comme par hasard, un volume des Œuvres de Vadé, et lui fit lire la fable suivante :

L'ENFANT ET LA POUPÉE.

Dans une foire un jeune enfant,
Promené par sa gouvernante,
Contemploit d'un œil dévorant,
Maints beaux colifichets : tout lui plaît, tout le tente,

Il veut polichinel, ensuite un porteur d'eau,
Et puis il n'en veut plus. Voulez-vous une épée ?
  Ah ! oui ; mais non ; j'aime mieux le berceau.
    Il l'eût pris sans une poupée
     Qui le séduisit de nouveau.
    On la lui donne ; en sautant il l'emporte ;
   Chez la maman, le voilà de retour :
     Aux gens du logis tour à tour,
Il fait baiser l'objet qui d'aise le transporte :
    Depuis le matin jusqu'au soir,
    De chambre en chambre il la promène ;
  S'il faut s'aller coucher, il la quitte avec peine,
Et s'endort enpleurant dans les bras de l'espoir.
En dormant il en rêve, et le jour lui ramène
Sa Mimi : qu'on l'apporte ; et vite ; il veut la voir.
Pendant près de huit jours avec exactitude,
    Fanfan joue avec sa catin.
Il paroissoit content ; mais le petit coquin,
De sa possession se fit une habitude.
L'habitude et le froid se tiennent par la main :
Le froid donc s'ensuivit, et le dégoût enfin.

Ernestine, Valérie et les plus grandes demoiselles reçurent en présent, vers cette époque, un jeu de quilles d'un autre genre, celui qu'on appelle le *Siam*. C'est encore un jeu où l'on crève lorsqu'on a le malheur de faire trop de points, et le hasard en décide bien plus souvent que dans l'autre; car on n'est pas toujours maître de diriger comme on veut le disque servant à abattre les quilles.

Le disque d'un bois dur et compact a la tranche un peu en biseau, de manière à décrire une spirale quand on le dirige circulairement, soit à droite, soit à gauche.

Ce jeu est très-commun dans l'Inde; et comme il a été introduit en France, du temps de Louis XIV, par des personnes attachées à la suite des ambassadeurs de Siam, qui furent alors envoyées à la Cour de Versailles, il a retenu le nom de leur pays.

Les neuf quilles n'ont pas la même valeur; celles qui sont rangées en rond comptent pour chacune un point; trois autres qui forment la pointe du côté opposé au joueur, comptent 5, 4 et 3; celle du milieu s'appelle le Siam, mais il faut l'abattre toute seule, sans quoi, l'on perd tous les points qu'on avoit amenés jusques là, et l'on est obligé de recommencer.

Le grand écueil, comme nous l'avons déjà dit, est de dépasser le nombre de points fixé, et les meilleurs joueurs ne peuvent répondre qu'ils ne crèveront pas. Le simple hasard, la plus légère irrégularité du terrain, un petit grain de sable qui se trouve sous le disque, suffisent pour déranger toutes les combinaisons, et faire perdre la partie qui se présentoit sous les plus beaux auspices.

On acheva l'automne en passant en revue les jeux qui avoient fait les délices du printemps et de l'été ; et, dès les premiers jours de novembre, on se remit en route pour la capitale. Les jeunes filles reprirent avec empressement les leçons de leurs maîtres. Victor, qui avoit obtenu un premier prix à l'Université, entra dans une classe supérieure, et se mit en devoir de lutter avec d'autres rivaux. Quant à Mlles d'Hernilly, instruites par les meilleurs maîtres dans la connoissance de leur langue et dans des arts aussi utiles qu'agréables, elles passoient leurs momens de loisir au sein d'une société modeste, et toujours sous les yeux de leur mère ; de cette façon, le temps s'écouloit avec rapidité ; elles attendirent donc fort patiemment les étrennes de la nouvelle année et les plaisirs du carnaval.

IMPRIMERIE DE LE NORMANT, RUE DE SEINE, N° 8, PRÈS DU PONT DES ARTS.

9 782016 170663